# WAS FÜR EIN VOLK!

## DEUTSCHLAND IM CARTOON

Herausgegeben von Mario Lars

LAPPAN

Endlich: Deutsche erobern den Mars

# VOM DEUTSCHEN SAGT MAN, ...

... er gehe zum Lachen in den Keller. Und dann gebe es da noch Regionen, Mecklenburg zum Beispiel, die haben gar keinen Keller.
Der Deutsche, so sagt man über ihn, trägt Socken in Sandalen und markiert seinen Platzbedarf mit Handtüchern. Der Deutsche sagt, das sind doch nur Klischees. Und weist man ihn darauf hin, dass Klischees nur Klischees geworden sind, weil in ihnen viel Wahrheit wohnt, sagt der Deutsche, das mag ja sein, aber es treffe ja nur auf den anderen Deutschen zu. Fragt man den Deutschen im Süden, sind es die aus dem Norden. Fragt man im Norden, sind es die im Süden. Aber auf jeden Fall sind es entweder die aus dem Osten oder die aus dem Westen. Da sind sich die Deutschen absolut einig. So einig, dass man sagen könnte: Die Wiedervereinigung der Deutschen, sie ist geglückt.
Aber warum nur kratzen so viele herabhängende Mundwinkel aus unglücklichen Gesichtern Furchen in unsere ohnehin schon sanierungsbedürftigen Wege?
Deutschland ist inzwischen fast so lange wiedervereint, wie es als Ergebnis des wahnsinnigen Krieges in zwei Staaten geteilt war. Heute ist die Grenze ein grünes Band, das nur für den zu langsamen Hasen noch ein Todesstreifen ist.
Aber die Mauer steht noch immer in so manchem Kopf. Ein Wunder ist es nicht. Zu tief die Wunden, die die Wiedervereinigung gerissen hat. Man lässt sich ja gerne kaufen. Und wenn der Preis stimmt, verpfeift man dann das Fußballspiel. Aber wenn der eigene Betrieb für einen Apfel und ein Ei mit treuer Hand verscherbelt oder gleich abgewickelt wird und der Lohn für jahrelange schwere Arbeit ein harter Stuhl im Wartezimmer des Arbeitsamtes ist, darf man schon mal jammern.
Die gute Nachricht: Die Mauer in den Köpfen bröckelt. So langsam begreift man im Westen, dass die im Osten nicht alle faul waren und es kein Verdienst, sondern schlicht Glück war, im Westen geboren worden zu sein, und dass ein Grüner Pfeil eine feine Sache für den Verkehrsfluss ist.
So langsam lernt auch der Ostdeutsche, dass Nacktbaden schlecht für die Wirtschaft ist, weil man Badehosen nicht am FKK-Strand verkaufen kann.
Es hat zwar gute drei Jahrzehnte gedauert, bis Ost- und Westrente angeglichen waren und auch mal ein Rektor einer Hochschule im Osten geboren sein durfte. Irgendwann wird sogar jeder fünfte Vorstand eines Dax-Unternehmens, wie es die Proportion gebietet, aus dem Osten stammen. Das kann aber dauern. Denn wenn es um Proportionen geht, müsste jeder zweite Vorstand eine Vorständin sein. Ein sehr weiter Weg, wissen die Frauen, die im Osten erst einmal wieder dahin kommen müssen, wo sie vor vierzig Jahren waren.
Immerhin geben die nächsten Generationen Hoffnung. Für sie sind Ossis und Wessis Märchenfiguren der Alten. Bei ihnen erzählt Opa nicht mehr vom Krieg, sondern von der Mauer. Die Grenze in den Köpfen zwischen Ost und West wird verschwinden. Die zwischen Nord und Süd ist schwieriger zu überwinden, solange Bayern noch dabei ist.
Kleiner Scherz, was können denn die Bayern dafür, dass sie dort geboren wurden?
Apropos Scherz, so humorlos wie angenommen sind wir Deutschen nun auch wieder nicht. Es ist doch viel besser, zum Lachen in den Keller zu gehen als aus Angst vor Bomben.
Also Kopf hoch, auch wenn der Hals dreckig ist. Die Lage ist besser als die Stimmung.
Auf eine gute gemeinsame Zukunft – wird ja auch langsam Zeit.

*Mario Lars*

IHR VATER BESTEHT AUF EINER REINRASSIGEN DEUTSCHEN PFLEGEKRAFT.
©KASTER

Nachdem seine Mutter den Ausreiseantrag drei Mal abgelehnt hatte, wagte Hans-Rüdiger bei Nacht und Nebel die Flucht über den Grenzzaun.

MIT KIND UND KEGEL KOMMEN SIE HER... DEMNÄCHST BRINGEN SIE NOCH IHRE VIECHER MIT!
IHR KLIMA HABEN SIE JA SCHON MIT-GEBRACHT!
H
©KASTER

Der kleine
OSTALGiE-LADEN
DEMATTIO

DEUTSCHLAND IM WANDEL
FRÜHER: DICHTER UND DENKER
HEUTE: DIGGA UND DADDLER
FEICKE

Wenn Nazis sich trennen

DIE GEHEIMEN ZEICHEN
DER AfD - WÄHLER:
FUSSMATTE „HITLERBART“

MEIN MANN IST IM WAHLKAMPF GEFALLEN!

Finden Sie Steuerschlupflöcher! Wir werden doch diesem Staat nicht unser schönes Geld in den Rachen schmeißen.
GUTE ZEITEN
Beantragen Sie Staatshilfe!
SCHLECHTE ZEITEN

...und da habe ich mir Remigration gewünscht. Die Fee hat ihren Zauberstab geho...
Hoffentlich gibt's noch Bananen, wenn wir dran sind

DER OPTIMIST DER PESSIMIST DER DEUTSCHE

Kann ich auch mal oben liegen?
Schnauze, Ossi!
lars

Wahlkämpferlnnen vor Ort

Ein Tofuschnitzel, bitte.
wurster

Hallo, Polizei? Hier wird jemand von Neonazis verprügelt – soweit ich sehen kann, handelt es sich um fünf Einzeltäter...
wurster

ALS VOR 30 JAHREN DIE MAUER FIEL, WIE WAR DAS DAMALS SO FÜR EUCH IM OSTEN?
DAS MUSST DU DEINEN ONKEL AUS DEM WESTEN FRAGEN. DER WEIß DAS BESSER. DER WAR NICHT DABEI.
HUBBE 19

Hans, der Stein allein hätte nicht ausgereicht?
Schröder
Gisela
*1949
†
Hans
*1948
†
KA.GREVE

SOUVENIRS • SOUVENIR
Opi, warum seid ihr in der Partei nicht auf diese Idee gekommen?
Original Berliner Mauer
9,90
Damit hättet ihr Devisen ohne Ende einnehmen können.
K.A.GREVE

Ja leck mich am Arsch, Ihr seid gar keine Anti-faschistischen Demokraten?

1994 angle ich mir einen 10-Mark-Schein aus einem Schwimmbecken im Aquadrom in Hockenheim. Dem Glücksgefühl von damals jage ich heute noch nach...
BECK

The first German on the "Kehrseite" of the Moon

BLÜHENDE LANDSCHAFTEN:

ABER DIE KINDER: ZU DICK ZUM BLUMENPFLÜCKEN!

RAW FOOD
Schlimm, wie unsere Gesellschaft verroht.
Rohkost
Raw Lasagne
Quinoraw
Green Smoothie
Rohsenkohl
Coffee to Raw
Raw Cookie
Rohtes Curry
HABILD

Von dem Pfand kaufe ich mir ein Deutschlandticket. Damit ich auch in den 15 anderen Bundesländern Flaschen sammeln kann.
HABILD

Vorbild Deutsche Einheit

IST DAS EIGENTLICH MINDESTLOHNTAUGLICH UND GEBEN SIE DAS BEI DER STEUER AN?

Schon wieder Sie?!
Ja ist billiger als 'ne Mietwohnung.

WAS DENN NU?!
... GANZ BILLIG, ABER KEIN GAMMELZEUG!
WURST
FLEISCH

OST · WEST · ANGLEICHUNG
ABGESCHLOSSEN

NEUES AUS DER MITTELSCHICHT

DIE HEIMAT IST SICHER

IM REICHEN DEUTSCHLAND WOHNEN UND TROTZDEM FLASCHEN SAMMELN – DAVON KÖNNTEN SICH DIE GRIECHEN MAL EINE SCHEIBE ABSCHNEIDEN.

Gegen die
Islamisierung
des
Abendgrußes
Rasiert den Sandmann!
jacob

Der Baselitz?!
Na, wenigstens kein
Wessi!

TUT MIR LEID, DASS ICH ZU SPÄT BIN! DA WAREN ÜBERALL BAUSTELLEN, STAUS, UMLEITUNGEN UND GESCHWINDIGKEITS-BESCHRÄNKUNGEN!
WIESO SIND SIE NICHT MIT DEM ZUG GEFAHREN?
ICH **BIN** MIT DEM ZUG GEFAHREN.
FERNANDEZ

ICH BIN NICHT GIERIG.
ICH BIN EFFIZIENT.
FERNANDEZ

Wie geht noch mal die deutsche Nationalhymne?
ATEMLOS...
FRANK

AUCH NACH 30 JAHREN DACHTE GRABOWSKI
IMMER WIEDER AN DIE GUTE ALTE ZEIT ZURÜCK

WIR SUCHEN DRINGEND EINEN KRISENMANAGER! ZIGARETTE?
918-2015

EINFACHER FRISURENTRICK HEBT DIE GRÜNEN IM OSTEN AUS UMFRAGETIEF

WILLKOMMEN ZUM THEMA: DAS GENDERSTERNCHEN – BRAUCHEN WIR WIRKLICH SO VIELE ANGLIZISMEN?

WO KOMMST DU DENN HER?
DAS FRAGT MAN NICHT, DAS IST RASSISTISCH!

WARUM SITZEN ALTE LEUTE EIGENTLICH IMMER AM FENSTER UND GEHEN NICHT MAL RAUS, UNTER DIE MENSCHEN?
GOTT, SIND DIE ALLE BLÖD!
MAT
SCHOENE SCHEISSE.DE

ÜBERALL DIESE SCHEIß E-ROLLER!!
MAT

Ich bin Ihr Vorgesetztes! Und daran sollten Sie sich gewöhnen.
KITTIHAWK

Vor mehr als 60 Jahren haben sie begonnen, diese Mauer zu bauen.
Und wieso sind sie damit jetzt immer noch nicht fertig?
KITTIHAWK

Auweh zwick in Zwickau

Wat mutt, dat mutt Mutti machen

Willkommenskultur …

Das wird noch Jahre dauern, bis die sich integrieren lassen hier in Deutschland!
Du meinst die Ossis?!
KS 18

Mit Würde …
… zur deutschen Vereinigung!

Der 17. Juni muss unbedingt wieder Feiertag werden!! Da ist doch viel besseres Grillwetter als am 3. Oktober …!

DEUTSCHLAND ENTDECKEN

Meine Freundin kommt aus dem Nahen Osten. Da sind die kulturellen Unterschiede natürlich enorm. Aber mit viel Toleranz und gutem Willen ...
Ich komm aus Magdeburg!
Sag ich doch, Schatz!
LANDSCHULZ

Mein Gott, ist das schlecht verarbeitet!
LAND SCHULZ
Wenn Jesus Deutscher gewesen wäre

Daheim ist alles beim Alten!
PRIVAT
BIRRERIA
P. GAY

Ist das eigentlich HEIMAT für dich??
Ich bin hier geboren und ich will hier im Kochtopf landen!
ENTLAUFEN GUTEDEL
OBER-EGGENEN
P. GAY

Haben sie auch deutschen Kaffee?
No, signore.
ESPRESSO
CAPUCCINO
CAFE LATTE
Haben sie auch deutsches Brot?
No, signore.
Heute haben wir deutsches Wetter!
P. GAY

DEUTSCHLAND IST BEHÖRDENWELTMEISTER! WAS IST DAS FÜR EIN GEFÜHL?
DA SIND SIE HIER VÖLLIG FALSCH.
Q-T
UL!

1990
WIR SIND DAS VOLK
2024
ICH BIN DAS VOLK
NEE, ICH!
ICH! ICH! ICH!
WER NICHT MEINER MEINUNG IST, IST EIN IDIOT!
MIR DOCH EGAL.
HAUPTSACHE W-LAN
UL!

LÄNDERSPIELE SIND IMMER EIN GUTER ZEITPUNKT,
UM AN DEN NATIONALSTOLZ ZU APPELLIEREN

IHR LEBT DOCH NOCH IN DER DDR-VERGANGENHEIT!
SPINNST DU?
WAS ISST DU DA ÜBERHAUPT?
PETER THULKE

DU WARST DOCH DAMALS EIN GANZ ÜBERZEUGTER!
WAR ICH NICHT ... PIONIER-EHRENWORT!
PETER THULKE

Guten Tag, wir sammeln für den Deutschen Katastrophenschutz ...
AH

Haben Sie irgendwas zumThema „Deutsche Wiedervereinigung“? Ich würde gern eine Buchverbrennung veranstalten …
AH

Fridays for Futur II

MEIN MANN ENGAGIERT SICH JA JETZT EHRENAMTLICH GEGEN FLÜCHTLINGE.
GYMMICK

DER ISLAM GEHÖRT NICHT ZU DEUTSCHLAND!
DAS HIER IST MAROKKO, DU LAUCH.
GYMMICK 18

ICH MUSS MORGEN FRÜH 1000 LEUTE ENTLASSEN ...
SCHLAF! DAS LETZTE MAL HAST DU DAS DOCH GANZ TOLL GEMACHT.
WIR HABEN BLOSS NOCH 800!
©TOM

IN MEINER STADT GIBT ES KEINE RECHTSEXTREMISTEN!
UND JETZT MUSS ICH MAL SCHAUEN, WARUM DIE ALLE AUF DEN KIRCHTURM ZEIGEN...
©TOM

WIE LANGE DIE DISKUSSION UM EIN
TEMPOLIMIT NOCH GEHEN WIRD

VW – neuer Nationalmannschaftssponsor

Nach Dresdens „Grünem Gewölbe": Wie sicher ist Deutschlands Kunst?

Bayernenergiewende

DEUTSCHER AM LIMIT

Bretter in freier Wildbahn

Neue Etikette

Deutsche Fleischerei
Heute frisch:
Beleidigte Leberwurst
KRUMBIEGEL

Noch immer mangelt es oft an Rücksicht

Meine Hobbys sind Empören, Moralisieren und Denunzieren!
Oh, ein Deutscher!
KRUMBIEGEL

KENNST DU AUCH GESCHICHTEN, DIE NICHT MIT DAMALS IN DER DDR ANFANGEN?
OL

UND WIE DIE MAUER UFFJING, DACHTE ICK, DIE KOMM ALLE NUR ZU BESUCH.
Am Kotti
BESUCH IS WIE FISCH, NACH 3 TAGE STINKT ER.
ol-cartoon.de

Müssen Sie jetzt staubsaugen? Es ist Sonntag.
Na, wollen Sie ständig überall Sand haben?
Michi Brezel

Braucht ihr meine Krankenkarte?
Nee. Ist noch dasselbe Quartal.
Michi Brezel

Na, ist doch prima, Ludmilla! Wenn Sie in Russland Chirurgin waren, dann sind Sie doch bei uns im Nähsaal genau richtig!
Woessner

Wohin Du auch guckst: Korruption und Vorteilsnahme!
So was wäre doch damals in der DDR nie und nimmer...
...rausgekommen.
Woessner

Mit dem Fahrrad wäre ich viel zu früh im Büro.

Um eine Überfüllung zu vermeiden, ist der gesamte Strand jetzt FKK.
Was hat er gesagt?
Nur die Ossis dürfen baden.
STRAND
ZUGANG
12
Lars
20

Nein, das ist kein Indianerkostüm. Der Robert geht als „kulturelle Aneignung."
STURM

*Den Dresdner Zwingerclub*
*hatten sich Dieter und Beate anders vorgestellt*

Mc Donald's
Zweimal Burgergeld zum mitnehmen!
STURM

Du kannst doch nicht Stoßlüften, während ich den Adler mache!
Wodner

ICH WAR SCHON IMMER SO EIN MAUER-BLÜMCHEN.
OST ODER WEST?
ARI

OH, DIE HERREN VOM VERFASSUNGS-SCHUTZ!

1990...:
AUF EINE TOLLE NACHBARSCHAFT!
vor 15 Jahren...:
EINE OLLE ACHBARSCHAF !
Heute...
ARSCH

Gemeinsamkeit in Ost und West …

Was kostet denn eine Fahrzeuginnenreinigung?
Irgendwann ist doch aber auch mal gut mit diesem Genderwahn!
WASCH
HOLTSCHULTE

Deutschland hat doch kein Rassismusproblem, oder Ali?
Ich heiße Kostas.
HOLTSCHULTE

Wird man ja wohl noch denken dürfen.
Wird man ja wohl noch sagen dürfen.
HOLTSCHULTE
Wird man ja wohl noch wählen dürfen.
QUO VADIS?

WAS HABEN SIE IM OSTEN SANIERT?
MICH!
HENNIGER

Ein historisches Ereignis für das Hohe Haus! – Mit Jhrem Mandat, lieber Dr. Fischer-Fritzen, hat Deutschland ERSTMALIG MEHR Volksvertreter als VOLK!
HENNIGER

Überall besorgte Bürger, aber mir besorgt es keiner!
LANDSCHULZ

Seltene Begegnung zwischen Berg- und Flachlandgorilla.

KEINE ANZEIGE

Die
Bundesregierung

Die Regierung der Bundesrepublik Deutschland
sucht zum Herbst 2025, nach der Bundestagswahl, ein

# freies demokratisches Land,

welches in der Lage ist, für einen begrenzten Zeitraum von etwa 12 Jahren ca. 40 Millionen deutsche Flüchtlinge mit großem Interesse an einer demokratischen Gesellschaftsstruktur, einem hohem Bildungsstandard sowie tadellosen Manieren bei sich aufzunehmen.

Ausreichende Kenntnisse in deutscher Sprache und gutbürgerliche Küche sind wünschenswert.

Als Gegenleistung stellen wir im Anschluss eine nicht geringe Anzahl an Gast-Arbeitsplätzen für den Wiederaufbau unseres Landes in Aussicht.

Angebote nimmt das Auswärtige Amt in Berlin entgegen.

info@auswaertiges-amt.de
Tel: +49 (0)30 5000-0

ES WAR ABER AUCH NICHT ALLES SCHLECHT BEI DER AFD! IMMERHIN HABEN SIE DAS GENDERN ABGESCHAFFT!
Metz 2023

UPDATEN UNSERE CONTENT MANAGER EIGENTLICH DIE SPREADSHEETS, WENN SIE BATCHES DELIVERN?
SCHREIB DAZU MAL EINEN REMINDER FÜRS NÄCHSTE MEETING.
DAFÜR HABE ICH ZWEI JAHRE DEUTSCH GELERNT...
FERNANDEZ

DAS IST ABER MAL
EIN SEHR DEUTSCHER
SCHÄFERHUND.
FERNANDEZ

DIE JUNGEN MENSCHEN HEUTZUTAGE HABEN DOCH ÜBERHAUPT KEINEN SINN MEHR FÜR TRADITIONELLE WERTE!
WO BLEIBEN DER NARZISSTISCHE GRÖßENWAHN, DIE IDEOLOGISCHE VERBLENDUNG, ECHTER MENSCHENHASS? ICH SEHE DA SCHWARZ!
PEACE
WELT-FREUNDSCHAFT!! STATT WELTHERRSCHAFT!!
STOP WAR
FRIEDEN JETZT!
Freedom LIFE Women
PEACE!
MAT

WALTER! BIST DU HIER?!
HOFFENTLICH IST DIESE BLÖDE EM BALD VORBEI!!
MAT

...Sie sind jetzt 0,7 % Ossi, Ihre Spenderniere kam aus Sachsen-Anhalt...
Albtraum in Heilbronn
BECK

Lieber Ostbeauftragter der Bundesregierung, wir sind eine kleine Gemeinde östlich von Aachen. Unsere Dorfstraße ist löchrig, der Bus kommt nur noch einmal am Tag und der Bäckerwagen oft gar nicht... Wann kommen Sie uns mal besu-chen?
BECK

UND WENN SIE SPÄTER EINE GUT BEZAHLTE VOLLZEITSTELLE HABEN, IST DAS SCHON DIE HALBE MIETE!
Heiler

,DAS WIRD MAN WOHL NOCH SAGEN DÜRFEN' WIRD MAN WOHL NOCH SAGEN DÜRFEN!

# Die Cartoonist:innen

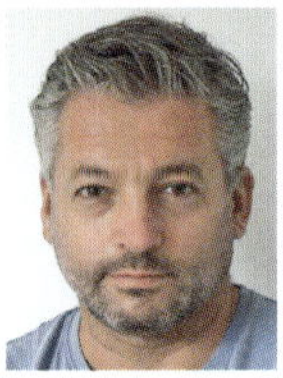

**Frank Bahr,** 1969 in Stuttgart geboren, zeichnet und malt, seit er aufrecht sitzen kann, lebt heute an und teilweise auf der Ostsee und arbeitet als freier Maler, Karikaturist und Cartoonist.
www.frank-bahr.net
S. 45, 46, 47

**BECK,** aktuelles und schönstes Beck-Buch ever: „End Of Weekend", Lappan Verlag 2022. (Beinahe) täglicher Cartoon auf www.schneeschnee.cc.
S. 26, 27, 28, 116, 117

**Michi Brezel,** geb. 1982 in Templin, wohnt in Dresden. Er denkt sich täglich Cartoons aus, manchmal erscheinen sie im *Eulenspiegel*.
instagram.com/witzvorlage/
S. 88, 89

**BURKH,** Burkhard Fritsche, 1952 in Mölln geboren, lebt seit 1996 in Köln. Veröffentlichungen in *Eulenspiegel, taz, Die Zeit, Tages Anzeiger (Zürich), Welt am Sonntag, Süddeutsche Zeitung, Kicker, Spiegel Online* u. v. a. www.burkh.com
S. 78, 79, 80

**Rainer Demattio,** geb. 1976, studierte Kunst, Geschichte u. Theologie. Seine Komische Kunst wurde mehrfach prämiert u. wird (auch unter d. Pseudonym Rainer Unsinn) international ausgestellt u. in div. Printmedien veröffentlicht. Er lebt mit seinen Liebsten am u. im Bodensee. www.rainer-demattio.de S. 11

**Birgit Dodenhoff,** geb. in Zeven 1969, Studium Kommunikationsdesign. Ihre Cartoons erscheinen im Lappan Verlag, dem *Eulenspiegel* u. a. Printmedien, in Kalendern, Schulbüchern, auf Postkarten sowie auf fb und instagram (dodenhoff_cartoons).
www.catprint.de/artist/birgit-dodenhoff S. 81

**Uli Döring** (* 1971) wohnt in Köln und ist Allroundkreativer, derzeit mit dem Schwerpunkt „Cartoons". Diese veröffentlicht er in verschiedenen Zeitschriften, Büchern, auf Postkarten, auf Facebook und Instagram. uliwood.wordpress.com
S. 65, 66, 67

**Tim Oliver Feicke,** Jg. 1970, lebt und zeichnet in Hamburg, im Hauptberuf Richter. Veröffentlichungen u. a. im *Hamburger Abendblatt, Eulenspiegel, Deutsche Richterzeitung, RENOpraxis* und vielen Anthologien. Mitglied des Cartoonkollektivs „Hamburger Strich". www.feickecartoons.de, S. 12, 13

**Miguel Fernandez.** Der aus Rehburg (bei Hannover) stammende Comiczeichner, Cartoonist und Illustrator zeichnet seit 2005 Cartoons, die in diversen Zeitschriften und Magazinen abgedruckt werden. Zahlreiche Buchveröffentlichungen. www.miguelfernandez.de
S. 42, 43, 112, 113

**Annika Frank,** Jg. 1991, lebt in Mannheim und Köln, ihre Arbeiten wurden vielfach prämiert, u. a. als „Beste Newcomerin" beim Deutschen Karikaturenpreis 2021. Sie zeichnet für versch. Printmedien u. Verlage. Sie stellt seit 2016 regelmäßig in der DACH-Region und Frankreich aus. www.annikafrank.com S. 44

**Peter Gaymann,** geb. 1950 in Freiburg i. Br. Seit 1976 als humoristischer Zeichner selbstständig. Sein Markenzeichen sind die Hühner und die „PaarProbleme" in *Brigitte*. Veröffentlichungen auch in *taz, Zeit Magazin, Bunte* etc. Er lebt in Schäftlarn.
www.gaymann.de S. 62, 63, 64

**Katharina Greve,** 1972 in Hamburg geboren, studierte an der TU Berlin Architektur und lebt in Berlin. Veröffentlichungen in: *Titanic, Das Magazin, neues deutschland, Frankfurter Allgemeine Sonntagszeitung* u. a. www.katharinagreve.de
S. 24, 25

**Markus Grolik,** 1965 in München geboren. Seit 1995 als freier Zeichner und Autor tätig für diverse Verlage und Agenturen. Veröffentlicht regelmäßig im *Nebelspalter, Eulenspiegel, SZ, Südkurier, MSN, gmx* u.a.
www.markus-grolik.de
S. 72, 73, 74

**Gymmick** (Tobias Hacker), Cartoonist, Komiker und Liedermacher. Veröffentlicht wöchentlich Cartoons, z.B. für die *Nürnberger Nachrichten.* Gewinner des Deutschen Karikaturenpreises 2022.
www.Gymmick.de
S. 43

**Teresa Habild,** 1979 in München geboren. Studium der Visuellen Kommunikation in Offenbach am Main. Lebt als freie Cartoonistin und Illustratorin in Trier. Veröffentlichungen in zahlreichen Medien wie z.B. *Eulenspiegel, Titanic* und *Süddeutsche Zeitung.*
h-bild.de S. 30, 31, 32

**Ruth Hebler,** 73er-Jahrgang, Eifelmädchen, Autodidaktin. Ihre Cartoons sind regelmäßig in diversen Zeitschriften, Büchern, Kalendern und Ausstellungen zu sehen. Sie wurde mehrfach ausgezeichnet, zuletzt 2021 mit dem zweiten Platz beim Deutschen Cartoonpreis. www.ruthhebler.de S. 100, 101

**Pascal Heiler,** geb. 1971, studierte Design und lebt als selbstständiger Softwareentwickler in Würzburg. Er veröffentlicht in diversen Verlagen und wird durch die Galerie Gabriele Müller vertreten.
www.hametschu.de
S. 48, 49, 118, 119

**Barbara Henniger,** 1938 geboren in Dresden, einige Semester Architekturstudium und 10 Jahre als Journalistin bei einer Tageszeitung. Seit 1968 in Strausberg bei Berlin, Stammzeichnerin beim *Eulenspiegel.*
www.barbarahenniger.de
S. 105, 106, 107

**Anton Heurung** wurde 1957 in Bad Neustadt/Saale geboren. Er studierte Grafikdesign an der FH Würzburg-Schweinfurt und arbeitet als freischaffender Illustrator und Künstler in Aschaffenburg.
www.antonheurung.de
S. 70, 71

**Michael Holtschulte,** Jahrgang 1979, lebt und arbeitet als Cartoonist und Illustrator in Essen. Zeichnet für zahlreiche Zeitungen und Magazine. Seine Cartoons sind wöchentlich auf www.totaberlustig.de zu sehen.
S. 102, 103, 104

**Phil Hubbe,** geboren 1966 in Haldensleben. Zeichnet regelmäßig für verschiedene Zeitungen und Zeitschriften (u. a. Sportmagazin *kicker*). Da selbst an MS erkrankt, macht er dies und andere „Behinderungen" zu einem Thema seiner Cartoons.
www.hubbe-cartoons.de S. 23

**Mathias Hühn** wurde 1968 in Hessen geboren. Er lebt mit Familie in Berlin und zeichnet meistens für die *taz.* huehn-illu.de
S. 37, 38, 39

**Rudi Hurzlmeier,** geb. 1952 im niederbayerischen Kloster Mallersdorf, lebt als Maler, Cartoonist und Autor in München. Rund 100 Einzel- u. Themen-Ausstellungen im In- und Ausland. Ständiger Mitarbeiter bei *Titanic.* Mehr als 40 Bücher veröffentlicht.
S. 54, 55

**Steffen Jacob,** geb. 1956; Lehrtätigkeit an der TU Karl-Marx-Stadt, Designer u. Spiele-Entwickler; seit 1990 eigene Werbeagentur, Mitglied im Cartoonlobby e. V.; nationale u. internationale Ausstellungsbeteiligungen (Plakat, Karikatur, Mailart); lebt in Chemnitz.
www.jacob-satire.de; S. 40

**AD Karnebogen** verbindet Design und Humor in Text und Bild. Er gewann 2021 den Deutschen Cartoonpreis.
instagram.com/adkarnebogen/
S. 76, 77

**Petra Kaster,** 1952 in Mülheim an der Ruhr geboren. Lebt und arbeitet in Mannheim. Trickfilmautorin, Veröffentlichungen in diversen Zeitschriften, Zeitungen (u. a. *Eulenspiegel* und *Nebelspalter*) und Büchern.
www.petrakaster.de
S. 8, 9, 10 und Backcover

**Matthias Kiefel,** freiberuflicher Cartoonist, Illustrator und Grafiker in Berlin. Veröffentlichungen in Zeitschriften, Büchern und Kalendern.
S. 33, 34, 35

**Kittihawk,** geboren 1972 in Recklinghausen, lebt in Berlin. Sie veröffentlicht ihre Cartoons z. Zt. in *Titanic, Schädelspalter, Sächsische Zeitung* und im *Spiegel.*
www.kittihawk.de
S. 52, 53

**Norman Klaar** wurde 1980 im wunderschönen Rheinland geboren, direkt zwischen der damaligen Hauptstadt Bonn und der Domstadt Köln. Heute schreibt er Bücher für Kinder und Erwachsene und kritzelt Cartoons.
S. 36

**Kriki** wurde als Christian Groß 1950 in Lamstedt (Niedersachsen) geboren, lebt in Berlin-Kreuzberg, veröffentlicht für *taz, Eulenspiegel, mare, Schmutz und Schund* und *Der Kleine Lemur.*
www.kriki.cartooncommerz.de
S. 29

**Uwe Krumbiegel,** 1962 in Flöha (Sachsen) geb. Lebt in der Nähe von Freiberg, ist Dipl.-Ing. in der Energiewirtschaft. Veröffentlichungen u. a. in *Eulenspiegel* und *rtv.*
www.uwe-krumbiegel.de
S. 6, 84, 85, 86

**Dorthe Landschulz** studierte in Hamburg und Paris Illustration. Sie lebt in der Bretagne, zeichnet Cartoons u. a. für *Titanic, taz, Eulenspiegel, Tierwelt Schweiz* und seit 2019 wöchentlich für den *Stern.* Sie gewann Preise und hat mehrere Bücher veröffentlicht.
www.facebook.com/EinTagEinTier S. 60, 61, 108, 109

**Mario Lars,** Roland Regge-Schulz, 1964 in Mecklenburg geboren, lebt dort als Grafiker, Journalist, Zeichner und Autor. Veröffentlicht in *Eulenspiegel, Schweriner Volkszeitung* und *Sächsische Zeitung.*
www.schulzenhof.de
S. 16, 17, 18, 19, 92, 93 und Titelseite

**Piero Masztalerz,** vielfach prämierter Cartoonist, veröffentlichte u. a. auf *spiegel online,* in *Titanic, Stern* und *Eulenspiegel.* Seit 2013 tourt er mit seiner Live-Cartoon-Show durch Deutschland und Österreich. www.schoenescheisse.de
S. 50, 51, 114, 115

**Denis Metz** heißt eigentlich Denis Metz, Jahrgang 1974, zeichnet Cartoons. Schon immer. Lebt auf der Nordseeinsel Baltrum und erzählt dort den Lachmöwen dreckige Witze.
www.schnabulak.de
S. 110, 111

**Mock** wurde 1958 als Volker Kischkel in Lobberich am Rhein geboren. Studium der Freien Kunst in Braunschweig. Lebt heute in Bremen.
S. 82, 83

**OL** wurde als Olaf Schwarzbach 1965 in Berlin geboren. Er zeichnet u. a. für *Berliner Zeitung, Jungle World, Tip-Berlin, n-tv.de* etc. Zahlreiche Buchveröffentlichungen. www.ol-cartoon.de
S. 87

**Ari Plikat,** geboren 1958 in Lüdenscheid. Lebt in Dortmund, zeichnet Illustrationen, Cartoons und komische Bilder, die in vielen Zeitungen/Zeitschriften zu sehen sind. www.ariplikat.de
S. 14, 15, 98, 99

**Philipp Sturm,** Jg. 1975, Studium Informatik sowie Kommunikations- und Medienwissenschaften. Leitet eine Kommunikationsagentur. Lebt und arbeitet zwischen Kunst, Design und Humor in Leipzig.
www.philippsturm.de
S. 94, 95, 96

**Klaus Stuttmann,** geboren 1949, lebt seit 1970 in Berlin. Studierte Kunstgeschichte und Geschichte. Veröffentlicht täglich im *Tagesspiegel* und diversen anderen Tageszeitungen.
www.stuttmann-karikaturen.de
S. 56, 57, 58

**Peter Thulke,** 1951 in Wismar geboren, lebt seit 1980 in Berlin, arbeitete als Bühnenarbeiter und Bote. Veröffentlicht heute seine Cartoons u. a. in *Medical Tribune, Psychologie Heute, Eulenspiegel, Sächsische Zeitung, Nebelspalter.*
S. 68, 69

**©TOM,** eigentlich Thomas Körner, 1960 in Säckingen geboren. Lebt in Berlin. Seit 1991 erscheinen seine *Touché*-Comicstrips täglich in der *taz.*
www.c-tom.de
S. 75

**Roland Weiß** oder kurz RW wurde 1952 in Zusmarshausen geboren und wohnt, werkelt und witzelt seit 1983 als Zeichner, Maler, Fotograf und Bildhauer in München.
S. 41

**Ulrike Wodner,** geb, 1962 in Wippra, lernte Bauzeichnerin und Steinmetzin in Frankfurt/Oder und studierte Grafik-Design an der Fachschule für Werbung und Gestaltung in Berlin. Sie ist freie Grafik-Designerin und Cartoonistin. www.ulrike-wodner.de
S. 97

**Freimut Woessner,** 1945 in Schwaben geboren, lebt als Karikaturist und Verfasser von satirischen Texten in Berlin. Veröffentlicht u. a. in der *Sächsischen Zeitung* und im *Eulenspiegel.*
www.freimut-woessner.de
S. 90, 91

Miriam Wurster arbeitet seit 2000 als freie Cartoonistin, z. B. für *Titanic, neues deutschland, Charlie Hebdo, Stern, spiegel.de, taz*. Ihre Arbeiten sind preisgekrönt. Sie lebt in Bremen und denkt sich ihre Cartoons standesgemäß in einer Cartonagenfabrik aus. wurster-cartoon-blog.de S. 20, 21, 22

Der vorliegende Band entstand anlässlich der Ausstellung „Was für ein Volk" in Schwerin als ausrichtender Stadt des Tags der Deutschen Einheit 2024.

**Wir produzieren nachhaltig**

- Klimaneutrales Produkt
- Papiere aus nachhaltigen und kontrollierten Quellen
- Hergestellt in Europa

FSC
www.fsc.org
MIX
Papier | Fördert gute Waldnutzung
FSC® C002795

1. Auflage 2024

– Originalausgabe –



ISBN 978-3-8303-3699-0



Covergestaltung: Monika Swirski unter der Verwendung eines Cartoons von Mario Lars

Cartoon Backcover: Petra Kaster

Herausgegeben von Mario Lars

Redaktion: Antje Haubner
Layout und Herstellung: Monika Swirski und Ralf Wagner